¿Qué tiempo hace?

Y0-DWO-669

Celeste Bishop

traducido por
Charlotte Bockman

ilustrado por
María José Da Luz

PowerKiDS
press.

Nueva York

Published in 2017 by The Rosen Publishing Group, Inc.
29 East 21st Street, New York, NY 10010

First Edition

Managing Editor: Nathalie Beullens-Maoui
Editor: Caitie McAneney
Book Design: Michael Flynn
Spanish Translator: Charlotte Bockman
Illustrator: Maria José Da Luz

Cataloging-in-Publication Data

Names: Bishop, Celeste.
Title: Hace sol / Celeste Bishop, translated by Charlotte Bockman.
Description: New York : Powerkids Press, 2016. | Series: ¿Qué tiempo hace? | Includes index.
Identifiers: ISBN (pbk.) 9781499423242 | ISBN 9781499423266 (library bound) | ISBN 9781499423259 (6 pack)
Subjects: LCSH: Sunshine–Juvenile literature. | Weather–Juvenile literature. | Sun–Juvenile literature.
Classification: LCC QC911.2 B57 2016 | DDC 551.5'271–dc23

Manufactured in the United States of America

CPSIA Compliance Information: Batch #BS16PK: For Further Information contact Rosen Publishing, New York, New York at 1-800-237-9932

# Contenido

# Está cálido y resplandeciente fuera.
# ¡Hace sol!

4

5

El sol sale por la mañana.

Es un círculo grande en el cielo.

Cuando hace sol
juego fuera.

8

¡Mis amigos también juegan fuera!

# Nos gusta jugar al fútbol.

¡Anoto un gol!

¡El sol nos da calor!

# Tomamos helado para refrescarnos.

Los días muy soleados
mi familia va a la playa.

# Nos sirve para refrescarnos.

Mi mamá dice que mucho sol
puede dañar mi piel.

# Me pongo protector solar.

También me pongo gafas
para proteger mis ojos.

El sol ayuda a las personas y
a las plantas.

Las plantas usan el sol para producir alimento.

El sol se acuesta en la noche.

¡Mañana lo volveremos a ver!

# Palabras que debes aprender

(el) helado

(las) gafas

(el) protector solar

# Índice